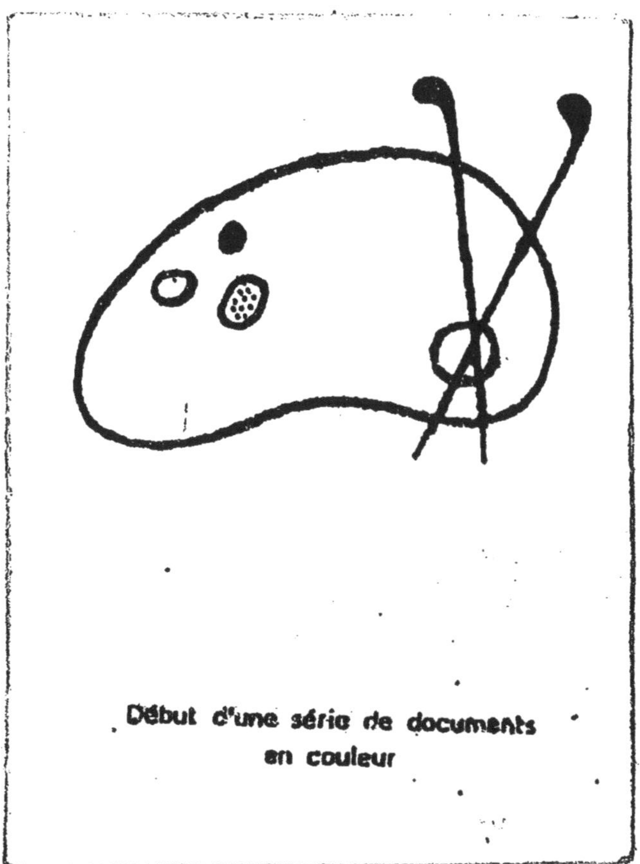
Début d'une série de documents
en couleur

AF472960

8° Y2
41317

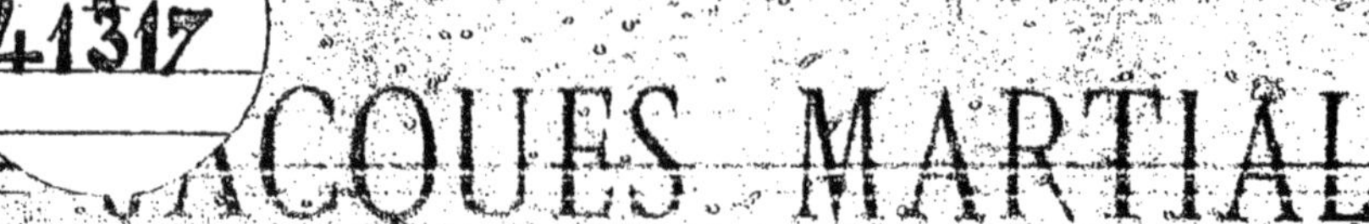

JACQUES MARTIAL

ET Cie

PAR

O'VINDICTA

PARIS

E. DENTU, ÉDITEUR

LIBRAIRE DE LA SOCIÉTÉ DES GENS DE LETTRES

3, PLACE DE VALOIS, PALAIS-ROYAL

1888

Tous droits réservés

PUBLICATIONS RÉCENTES DE LA LIBRAIRIE E. DENTU

ABBÉ X...
Le Fils de prêtre. 1 vol. 3 »

PHILIBERT AUDEBRAND
La Pivardière le Bigame, 1 vol. 3 »
La Sérénade de Don Juan. 1 vol. 3 »

HENRI AUGU
Les Amours au Sérail, 2 vol. 6 »
Un Bandit amoureux. 1 v. 3 »

ÉLIE BERTHET
Herboriste Nicias 3 »
Garde champêtre, 1 vol. 3 »
Maison du Malheur. 1 v. 3 »

MARC BAYEUX
Amours de Jeunesse 1 vol. 3 »

FR. BÉCHARD
Les deux Lucien. 1 vol. 3 »

ÉDOUARD CADOL
Parents riches. 1 vol. 3 »
Le Meilleur monde. 1 v. 3 »

HENRI CHABRILLAT
La Filleule. 1 vol. 3 50
Friquet. 1 vol. 3 50
L'Amour en quinze leçons. 1 vol. 3 50

GUY DE CHARNACÉ
Le Baron Vampire. 1 vol. 3 »

G. DE CHERVILLE
La Piaffeuse. 1 vol. 3 »

GUSTAVE CLAUDIN
Les Joyeuses Commères de Paris 1 vol. 3 »

ERNEST DAUDET
Aventures de Femmes. 1 vol. 3 50
La Caissière. 1 vol. 3 50

LOUIS DAVYL
Amants ennemis. 1 vol. 3 50
13, rue Magloire. 1 vol. 3 50
Le Dernier des Fontbriand. 2 vol. 7 »
Les Enfants de la balle. 1 vol. 3 50
La Toile d'araignée. 2 v. 7 »
Honneur me tient. 2 v. 7 »

CAMILLE DEBANS
Les Pudeurs de Martha. 1 vol. 3 »
Terrible Femme. 2 vol. 6 »

CHARLES DIGUET
Amours Parisiens. 3 50
Contes du Moulin Joli. 3 »

ARMAND DUBARRY
L'Amour au monastère. 1 vol. 3 »
La Jolie Cabotine. 1 vol. 3 »

DUBUT DE LAFOREST
Le Cornac. 1 vol. 3 50
Documents humains. 1 v. 3 50
La Baronne Emma. 1 vol. 3 50
Belle Maman. 1 vol. 3 50
Les Dévorants de Paris 1 vol. 3 50
L'Espion Gismarck. 1 v. 3 50
Mademoiselle Tantale. 1 vol. 3 50
Contes pour les Baigneuses. 1 vol. illust. 3 50
Bonne à tout faire. 1 v. 3 50

GEORGES DUVAL
Les petites Abraham. 1 v. 3 »
L'Homme à la Plume noire. 1 vol. 3 »

ÉMILE FAURE
Les Grandes Viveuses. 1 vol. 3 50

L. GERMONT (Rose-Thé)
Belle Amie. 1 vol. 3 50
Le Parfum de Christiane. 1 vol. 3 50

ABEL HERMANT
Monsieur Rabosson. 3 »
La Mission de Cruchod. 1 vol. 3 »

GEORGES LACHAUD
Impitoyable amour. 1 v. 3 »
Oh! Mesdames. 1 vol. 3 »
Cabotinage. 1 vol. 3 »

PAUL MAHALIN
Mesdames de Cœur volant. 1 vol. 3 50
Les Monstres de Paris 1 vol. 3 »

GEORGES MALDAGUE
La Magnétisée. 1 vol. 3 »
Rose Sauvage. 1 vol. 3 »

JULES MARY
La Bien-Aimée. 1 vol. 3 50
Deux Amours de Thérèse. 1 vol. 3 50
La Fiancée de Jean Claude. 1 vol. 3 50
Le Wagon 303. 1 vol. 3 50
La Nuit maudite. 1 vol. 3 50

MÉLANDRI
Le Baiser des Ténèbres. 1 vol. 3 »
Bazar à treize. 1 vol. 3 »

LOUISE MICHEL
Microbes humains. 1 v. 3 50
Le Monde nouveau. 3 50

CHARLES MONSELET
Mon Dernier-Né. 1 vol. 3 50
Le petit Paris. 1 vol. 3 50

ÉMILE DE NAJAC
L'Amant de Catherine. 1 vol. 3 »
Madame est servie. 1 v. 3 »

OSCAR NOIROT
La Chute d'une Femme. 1 vol. 3 »

A. PAGÈS & H. HAZART
Mystère de Nantes. 1 vol. 3 »

VICTOR PERCEVAL
Berthe Norvaux. 1 vol. 3 »
Monsieur le Maire. 1 v. 3 »

GEORGES PRADEL
Amazone bleue. 1 vol. 3 »
Histoire Coutanceau. 1 vol. 3 »

PAUL PERRET
Le Droit à l'Amour. 1 v. 3 »
La Fin d'un Viveur. 1 v. 3 »

GEORGE DE PEYREBRUNE
Contes en l'air. 1 vol. 3 »

FLORIAN PHARAON
Madame Maurel. 1 vol. 3 »

RENÉ DE PONT-JEST
Aveugle. 1 vol. 3 50
Araignée rouge. 1 vol. 3 50
Divorcée. 1 vol. 3 50
Grain de Beauté. 1 vol. 3 50
La Femme de cire. 1 v. 3 50
Sang Maudit. 3 vol. 10 50
Martyrs de la Nelle. 2 v. 7 »

ALFRED SIRVEN
L'Enfant d'une Vierge. 1 vol. 3 50
Les Gens qu'on salue 1 vol. 3 50
Sous la Livrée. 1 vol. 3 »
Au pays des Roublards. 1 vol. 3 »
Une Gueuse. 1 vol. 3 »

MAURICE TALMEYR
Le Grison. 1 vol. 3 »
Madame Alphonse. 1 vol. 3 »
Les Gens pourris. 1 vol. 3 »
Vierge Sage. 1 vol. 3 »

CHARLES VALOIS
Le Docteur André. 1 vol. 3 50
Maurice Duhamel. 1 vol. 3 50
La Roche qui pleure. 1 v. 3 »
Le Baiser fatal. 1 vol. 3 »

VAST-RICOUARD
La Haute Pègre. 1 vol. 3 50
La petite de Chavry 1 vol. 3 50
La Négresse. 1 vol. 3 50

ZARI
Marthe et Christine. 1 v. 3 »

Biblioth. choisie des chefs-d'œuvre fr. et étr. 26 vol. à 1 fr.

Imp. de la Soc. de Typ. - Noizette, 8, r. Campagne-1re.

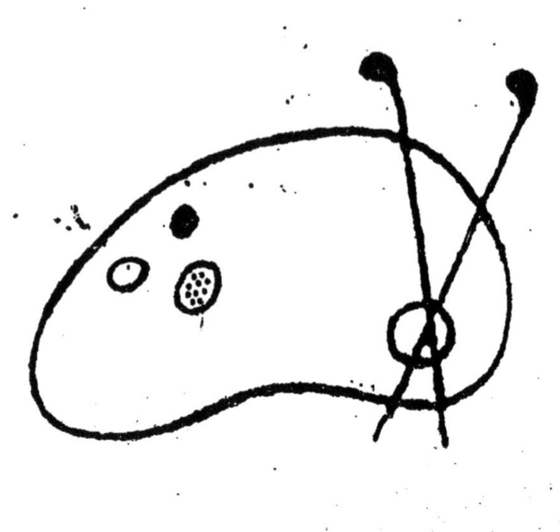

Fin d'une série de documents
en couleur

JACQUES MARTIAL ET CIE

8° Y²
41317

JACQUES MARTIAL

ET Cie

PAR

O'VINDICTA

PARIS

E. DENTU, ÉDITEUR

LIBRAIRE DE LA SOCIÉTÉ DES GENS DE LETTRES

3, PLACE DE VALOIS, PALAIS-ROYAL

1888

Tous droits réservés

PRÉFACE

L'histoire d'un cabinet d'affaires du faubourg Saint-Germain n'est pas chose bien curieuse pour les personnes qui administrent elles-mêmes leur fortune ; les familles au contraire, qui ont l'habitude de faire gérer leurs biens par les maisons du genre de celle dont je me propose de parler, y trouveront un précieux enseignement pour le présent et l'avenir.

Je dédie ce petit opuscule aux gens

qui croient, encore, que les receveurs de rentes, et les hommes d'affaires en général, travaillent seulement pour la gloire, s'estimant heureux et honorés de représenter de grands noms et de nobles familles.

Puissé-je répandre un peu de lumière sur les opérations, qui font le principal objet de ces officines plus ou moins renommées, dont la suppression complète serait un grand soulagement pour la société.

Et si je puis être utile à quelques personnes honorables trop crédules, j'aurai la consolation de n'avoir pas perdu mon temps.

Afin de rendre mon histoire moins aride, je l'agrémenterai de quelques épisodes, qui pourront égayer mes lecteurs : car la vie des hommes d'affaires est souvent semée d'aventures bien curieuses !

Et c'est le cas des héros que je vais démasquer.

JACQUES MARTIAL & CIE

CHAPITRE PREMIER

EN ROUTE POUR PARIS

Il y a quarante ans passés, un jeune homme, dans la fleur de l'âge, plein d'ambition et d'espérance, quittait sa famille désolée, qui habitait une des villes les plus commerçantes de la région de l'Ouest. Ses parents pleuraient autour de lui. Qu'allait faire Jacques dans cette grande cité qu'il réclamait depuis de longues années de ses soupirs et de ses vœux? Qu'allait-il devenir, lui déjà signalé par de tristes exploits?...

Mais lui ne pleurait pas : un sourire de joie et de contentement éclairait cette face, où se peignaient déjà les plus vives passions : il abandonnait avec bonheur cette patrie ingrate, qui n'avait pas répondu à ses avances et à ses désirs mauvais, et il allait vers Paris, centre de toutes les gloires, en même temps que de toutes les infamies.

Cette grande capitale, qui, d'après le témoignage des voyageurs, peut être considérée comme le plus beau fleuron de notre vieille Europe, lui faisait entrevoir, comme à bien d'autres, la fortune, et toutes les voluptés qui l'accompagnent.

Quant à la gloire, je ne sais si pour lui

c'était un vain mot; toujours est-il que, par la suite, Jacques n'aura qu'un seul but : l'or et les jouissances que ce métal procure.

Je me trompe : il est des gloires pour certains individus, gloires qui ne sont pas cotées heureusement par tout le monde de la même manière; il est des gloires, dis-je, où celui qui nous intéresse, excella : ce fut un conquérant, un nouvel Alexandre de boudoir et d'alcôve. Ce nouveau Don Juan vainquit les résistances, parfois trop courtes, des femmes de ses clients, et il sut bien souvent s'en faire aimer.

Mais n'anticipons pas sur les événements.

A cette époque, les voyageurs pour Paris étaient moins nombreux qu'aujourd'hui : les moyens de communication, qui nous font franchir les distances avec la rapidité de la pensée, n'étaient pas encore en usage ; l'électricité et ses applications multiples étaient encore en enfance ; les chemins de fer n'existaient qu'à l'état de projet, et notre voyageur dut franchir les cent et quelques lieues qui le séparaient de Paris, avec les moyens de locomotion en usage à cette époque. Le tilbury, la diligence et la patache eurent tour à tour leur rôle, dans ce voyage au long cours, dont les épisodes ne sont pas dépourvus d'intérêt.

On ne prenait pas alors au départ son billet direct pour la Capitale ; même en se servant des grandes diligences légendaires, il fallait retenir sa place à chaque point de jonction des correspondances.

Le voyage fut long, très long même, les correspondances souvent manquées, la place faisait parfois défaut à ce voyageur très pressé ; ou bien une servante d'auberge trop avenante retardait le moment du départ... Et c'est ainsi que notre Jacques commençait la série de ces aventures galantes, qui devaient marquer depuis, les principales étapes de sa vie.

CHAPITRE II

JACQUES MARTIAL CHEZ DURANTON

Dès son arrivée à Paris, et grâce aux recommandations que toute personne, ayant de l'ambition, ne manque pas de se procurer, Jacques parvint à se placer comme clerc chez Me Duranton, notaire de la vieille école, et fut bientôt au courant de sa nouvelle fonction. Il s'attela dès ce moment au travail, avec cette délicatesse que chacun lui connut, discréditant son patron toutes les fois que l'occasion s'en présentait.

J'ai bien des fois entendu Jacques Martial comparer son ancien patron à ces animaux qui ne font du bien qu'après leur mort. J'avoue qu'il aurait été difficile à Me Duranton de faire un meilleur élève, dans le cas toutefois, où les appréciations peu délicates du clerc de notaire auraient eu l'apparence de la vérité : ce que je ne me permets pas de contrôler, ayant toujours entendu parler au contraire de l'excès de prudence et de l'austérité proverbiale de Me Duranton.

Dès ce moment, la réputation de *rouleur*, sous laquelle tout le monde le connut depuis, commença à se répandre.

Jacques s'appliqua avec ardeur à accaparer le noyau des clients, avec lesquels nous le verrons filer un jour, emportant, comme il le disait fort bien, la clientèle de son patron.

Une personne lui reprochant une fois le peu de délicatesse de sa conduite, il répondit : « J'ai bien été obligé, dans l'intérêt de mes clients, de m'occuper spécialement de leurs affaires, puisque Me Duranton les négligeait. »

Jusque-là, peu de chose à dire : car cette observation pourrait s'appliquer malheureusement bien souvent aux officines du genre de celle dont je m'occupe en ce moment : je veux parler des receveurs de rentes, et des hommes d'affaires.

CHAPITRE III

UN HOMME D'AFFAIRES MODÈLE

Pour pouvoir mériter dans toute son étendue le titre pompeux d'homme d'affaires, il faut être né malin, capable de tout, même de tromper sciemment autrui, à la plus grande gloire de ses propres clients.

Jacques avait l'étoffe du plus accompli des hommes d'affaires ; il brilla tout particulièrement dans une importante liquidation, qui fit grand bruit, et où personne ne connut réellement le fond du sac, car il avait été percé avec intention.

Le rôle principal d'un homme d'affaires de la trempe de Jacques Martial, est d'abord d'embrouiller les affaires de ses clients, afin de devenir ensuite indispensable.

Viser à la simplicité, allons donc ! mais ce serait en même temps viser à la suppression des receveurs de rentes.

Aussi, à quoi bon régler les intérêts des enfants à la mort des parents, chose qui serait si facile, en s'y prenant de suite ; il vaut bien mieux favoriser les comptes d'indivision entre tous les héritiers, afin qu'un jour les choses deviennent tellement embrouillées, qu'on ne puisse pas se passer de l'éternel et rapace homme d'affaires.

Telle fut constamment la devise du père Jacques.

Il entra en association dans une maison d'affaires du noble faubourg, où il eut peu d'argent à débourser, grâce au groupe de clients qu'il avait su escamoter à Me Duranton, et surtout en montrant dans les pourparlers de négociation, qu'il était malin et serait d'une grande utilité.

Jacques, dès le début, commença à jouer, de la façon la plus perfide, le rôle qu'il avait su si bien remplir, comme clerc de notaire; il prit toutes ses mesures pour enfoncer son associé, le meilleur homme du monde.

Le cabinet dans lequel Jacques Martial entrait, et où il allait désormais jouer le rôle prépondérant, était une des maisons de ce genre les plus renommées de la capitale.

Le fondateur avait été, au commencement de ce siècle, un homme de premier ordre ; son successeur fut toujours l'homme intègre et loyal par excellence : je laisse à mes lecteurs la qualification à donner à celui qui va nous occuper.

Je ne puis fournir des détails précis sur ce qui se passa pendant les quelques années qui précédèrent la malheureuse guerre de 1870. Ce qu'il y a de certain, c'est que Jacques se distingua surtout par ce caractère autoritaire, qui causa tant d'ennuis à l'associé qu'il était en train de tromper. Ce qu'il y a encore de plus certain, c'est qu'il sut bien attirer l'eau à son moulin, au détriment de son associé, car sa fortune commençait, dès cette époque, à avoir une grande importance.

La guerre de 1870 éclata. Jacques avait alors quarante ans ; il ne partit pas à la frontière, comme le firent tant de citoyens. Il n'avait nullement l'envie de défendre son pays.

Puis vint le siège de Paris. Il n'eut pas le temps de quitter la ville : d'ailleurs ses intérêts l'engageaient à y rester, pour y surveiller sa fortune, et celle de ses clients, qu'il était alors facile d'exploiter sans contrôle.

Bientôt après, la Commune, avec ses atrocités, jeta la terreur dans le faubourg Saint-Germain, plus exposé que les autres à cause de ses richesses, et de ses nobles habitants. Martial ne broncha pas. Ne portait-il pas un nom guerrier?

On dit que pendant cette période, il fit des prodiges de courage et de valeur: du moins il le racontait lui-même.

Un jour, des insurgés viennent chez lui faire une visite domiciliaire :

« J'ai un fusil et d'autres armes, leur

« dit-il, ils sont à moi; vous ne les aurez « pas. »

A cette fière réponse, les communards s'inclinèrent respectueusement comme devant un faune, et Paris fut sauvé.

Fut-il donc vraiment brave? *That is the question.*

Mais il me tarde d'arriver à la partie la plus intéressante de mon sujet.

CHAPITRE IV

VIREGUENILLE

Au temps où se passaient les faits que j'ai relatés plus haut, vivait dans une ville des départements de l'Ouest, un homme d'une réputation légendaire dans toute la contrée. C'était un huissier, mais le plus terrible des huissiers qui eût jamais existé. Sa principale occupation était l'expulsion des malheureux, tâche qu'il remplissait avec tant d'habileté, qu'on le connaissait surtout sous le nom de Vireguenille.

J'avoue que la fonction d'huissier a parfois des devoirs bien pénibles à remplir, et qu'il faut avoir une véritable vocation pour se résigner à de pareille besogne ; mais il y a des huissiers absolument misanthropes, qui éprouvent une certaine satisfaction dans les exploits, consistant à mettre sur le pavé des familles de malheureux, que le manque de travail ou la maladie jettent parfois dans la misère.

Cet esprit de persécution a souvent de tristes résultats, et notre héros, d'un nouveau genre, fut tellement considéré après quelques années d'exercice de son noble métier, qu'il fut obligé de fuir, et vint se réfugier dans la capitale.

Notre huissier avait pris femme avant d'exercer son emploi. Elle était loin de partager l'humeur de son mari. Il y avait entre l'huissier et sa femme, un véritable contraste. Autant l'un était laid, mauvais, acariâtre, autant l'autre était belle, sympathique et aimable.

Le lecteur peut se demander pourquoi je me suis éloigné quelques instants de mon principal sujet; il va bientôt le comprendre.

Vireguenille ne tarda pas à vivre en mauvaise intelligence avec sa femme. Cela pourrait s'expliquer par l'inégalité d'humeur ;

Mais ce fut toutefois un motif d'un autre genre, que le lecteur connaîtra bientôt, qui détermina cette rupture.

CHAPITRE V

JACQUES LE GALANT HOMME

Dès l'arrivée du nouveau ménage à Paris, Jacques renoua promptement les relations intimes qu'il avait déjà eues avec Mme Vireguenille.

Tout le monde connaît ces oiseaux paresseux, qui ne veulent pas prendre la peine de faire leur nid, et qui vont tout simplement pondre dans celui des autres.

Nous connaissons une foule d'animaux

sans plumes, quoique bipèdes, qui les imitent.

Jacques avait une aptitude toute spéciale dans ce genre d'opération. Lorsqu'une de ses clientes avait le malheur de lui plaire, elle n'avait plus qu'à se laisser faire, si toutefois cela lui convenait. Le mari devait baisser pavillon, pour avoir la paix.

Ah! c'est que Jacques Martial n'était pas le premier venu; c'était, comme on dit vulgairement, un rude lapin, et un bon coq, assez beau garçon, solide au poste, surtout persévérant en toutes choses.

Une de ses clientes *à lui*, à laquelle il avait su plaire par l'ardeur apportée dans la défense de ses intérêts, et dans la surveillance de ses affaires, étant devenue veuve, Jacques devint l'hôte assidu de la maison.

La pauvre veuve avait tant de choses à mettre en ordre!... Jacques n'avait-il pas défendu précédemment les nombreux intérêts de Mme de Boyardville, jusqu'à faire déshériter son frère, un pauvre baron pané, par le père commun, râlant sur son lit de mort!!

Il s'est bien gardé à cette époque, le malheureux baron, d'attaquer l'homme qui avait eu l'audace et l'infamie de lui faire enlever la part d'héritage, qui lui revenait dans la succession de son père. Taisons-en le motif.

La morsure d'un reptile n'a pas de prise sur la peau d'un autre reptile. Jacques se souciait fort peu des insultes et des affronts toutes les fois que sa bourse n'était pas en danger, et qu'il savait atteindre le but de ses aventures galantes.

Toutefois, le pauvre baron, obligé plus tard de venir tendre la main à sa sœur, non pour la lui serrer avec effusion, mais pour lui demander quelque pitance, eut le courage de mettre à sa place l'ignoble homme d'affaires.

Celui-ci avait passé la nuit chez sa maîtresse, et jusqu'à ce jour, il avait su cacher, tant bien que mal, sa honteuse conduite.

Notre baron arriva de bonne heure ce jour-là, surprit les deux amoureux, et protesta.

« Ma sœur, s'écria-t-il, quand on a un « homme d'affaires, c'est pour lui faire « administrer sa fortune, et lui demander « des comptes, et non pour coucher avec « lui. »

Jamais Jacques ne pardonna au baron de l'avoir ainsi surpris en flagrant délit.

Je tiens cette histoire dans tous ses détails du baron lui-même. Je me suis expliqué, depuis, le peu d'estime et même le profond mépris de l'homme d'affaires pour le frère de sa maîtresse. Il est vrai que cette situation était partagée. Mais avouons franchement que la haine et le mépris étaient bien plus motivés d'un côté que de l'autre.

Si l'histoire que je viens de raconter, avait été connue de l'autre maîtresse, les cartes auraient pu se brouiller; mais on ne l'apprit que plus tard.

La deuxième maîtresse mourut, laissant deux fils, dont l'un est mort il y a quelques années; et l'autre s'est marié richement, grâce à l'intervention de l'amant.

CHAPITRE VI

UNE FILIATION ÉTRANGE

Jacques revint à sa première maîtresse, qui eut plusieurs enfants, dont deux seulement furent reconnus, non pas légalement : car le père nourricier, quoique faisant bande à part, est toujours vivant.

Que d'épisodes curieux dans cette existence étrange ! L'amant privilégié, le principal coucou, s'il faut l'appeler par son nom, était parfois jaloux.

Un premier enfant était né : il ressemblait trop bien au véritable père légal, pour être adopté par l'amant. Celui-ci, le véritable fils, devint un homme sérieux, travailleur et intelligent.

Le second fils fut reconnu par Jacques qui soigna son instruction d'une façon toute particulière.

Son principal mérite et la véritable source de sa prospérité furent de n'être pas le fils de son père : malgré les maîtres qu'on lui donna à profusion, et les grands frais qu'on fit pour son instruction, il ne parvint qu'avec beaucoup de peine à obtenir les diplômes universitaires, nécessaires au titre pompeux d'avocat, qu'on porte souvent d'ailleurs, sans en avoir positivement le droit : car alors il faudrait régulièrement ajouter « sans cause » : ce que l'on se garde bien de faire.

Le troisième enfant fut aussi reconnu par l'amant, aux mêmes conditions que le précédent : c'était une fille. Quant au quatrième, un autre coucou s'étant sans doute montré dans le voisinage, Jacques ne le reconnut pas.

Les relations intimes furent dès ce moment à peu près rompues, et l'amant ne s'occupa que des deux enfants, qu'il considérait comme siens. Il reporta sur eux toute l'affection qu'il avait eue pour leur mère, dont il pouvait désormais se passer, l'âge ayant considérablement atténué les ardeurs de la jeunesse.

Jacques Martial avait d'ailleurs dans son intérieur de quoi se consoler. Une bonne à tout faire, dévouée le jour comme la nuit, lui prodiguait ses soins ; et elle sut si bien s'y prendre, qu'elle devint en quelques mois toute-puissante sur l'esprit de son maître.

Plus tard cette première gouvernante, vieillissant, et perdant son ardeur des premiers temps, s'adjoignit une nièce plus jeune, à la grande satisfaction du père Jacques.

A partir de cette époque, la direction matérielle du cabinet d'affaires tomba entre les mains de ces deux femmes, qui firent la pluie et le beau temps, nommèrent ou révoquèrent les employés.

CHAPITRE VII

JACQUES MARTIAL PREND DES ASSOCIÉS

Quelques années après la guerre néfaste de 1870, l'associé de Jacques Martial mourut.

D'aucuns disent, assurément par calomnie, que les ennuis, à lui causés par la manière d'agir peu délicate du vieux rouleur, ne furent pas étrangers à cette fin prématurée.

Jacques resta donc seul pendant plusieurs années, attendant la fin des études du fils qu'il devait associer à ses affaires. Ce fut, sans contredit, la période la plus productive du cabinet.

Agissant sans contrôle, tondant à tort et à travers, faisant des économies, même sur les appointements de ses employés, à qui il promettait souvent de l'augmentation sans tenir jamais sa parole, il ne tarda pas à acquérir le fameux million, qui excite aujourd'hui tant de jalousie et de haine dans le camp des postulants.

Enfin le fils privilégié de la maîtresse préférée venait d'achever péniblement ses études.

C'était un beau jeune homme, d'un extérieur très correct, soigneux de lui-même jusqu'à l'excès, d'apparence absolument féminine, mais très sympathique, excellant, d'une façon toute particulière, dans l'art de dorer les pilules à ceux à qui elles devaient être administrées.

Ayant été pendant longtemps sous sa direction, il me serait facile d'en faire dès maintenant le portrait le plus exact. J'aime mieux le faire connaître à mes lecteurs en citant les appréciations absolument authentiques, recueillies de la bouche de Jacques lui-même.

Le jugement de cet homme malin entre tous ne saurait être suspect pour personne, à l'égard surtout de celui qu'il considérait comme son fils, et traitait comme tel. « Tu ne feras jamais que des bêtises, s'écriait-il quelquefois à la vue des grosses boulettes commises par le jeune Cormier Beauphébus. Tu veux donc me faire mourir de chagrin par ton incapacité et tes étourderies? »

Le vieux malin, pour mieux cacher son jeu, avait eu l'adresse de faire épouser sa nièce, à celui qu'il adorait de plus en plus, malgré tous les ennuis dont il était abreuvé.

Cette association de Jacques Martial avec le jeune Beauphébus, qui prit le titre d'avocat, fut peu de temps après modifiée par l'arrivée d'un nouvel associé.

Le père Jacques avait bien vite compris que l'enfant de ses rêves ne pourrait marcher sans tuteur. Sentant ses forces l'abandonner, épuisé autant par la débauche que par l'excès du travail, ne voulant pas néanmoins renoncer à sa participation au cabinet d'affaires, qui était une véritable corne d'abondance, il chercha un nouveau collaborateur.

Ici commence la partie la plus délicate de mon histoire.

Un principal clerc de notaire de Paris, homme de valeur à tous égards, se présenta bientôt.

Des relations d'affaires avec le cabinet qui nous occupe l'avaient mis en rapport avec celui qui devait lui causer un jour tant de tracas.

M. Ronsen ne tarda pas à s'apercevoir qu'il était tombé dans un véritable guêpier; mais il était trop tard.

Vous dire toutes les amertumes, tous les déboires que supporta le nouvel associé pendant les années qui suivirent son entrée dans le cabinet maudit, serait impossible. Le malheureux se trouvait continuellement entre l'enclume et le marteau.

L'avocat sans cause ne faisait que des bêtises; le vieux rouleur était toujours furieux; mais M. Beauphébus, pétri d'insensibilité, semblait ne pas s'apercevoir des graves reproches, dont tout autre aurait été écrasé.

Seul, M. Ronsen devait supporter le choc, et souffrir non seulement de la brutalité parfois exagérée du vieux Rodin, mais encore de l'indifférence absolument intolérable du bel avocat.

Les menaces de l'oncle, qu'on appelait aussi parfois le parrain, furent un jour tellement près d'être mises à exécution, que Mme Beauphébus s'en allait tout en pleurs, disant à ses intimes, que la vie n'étant plus tenable, son mari laissait la boîte pour faire autre chose.

Ce fut vers cette époque que M. Beauphébus, dont le véritable nom était Cormier, mais qui pour les uns était tout simplement Beauphébus, pour les autres Cormier seulement, et dans les grandes occasions

m'appela près de lui, du fond de la province où je vivais alors tranquille et heureux.

En présence des propositions qui m'étaient faites, propositions qui me faisaient entrevoir un bel avenir, je partis pour

Paris, abandonnant ma famille en larmes. Trop confiant, pauvre naïf que j'étais alors, dans la reconnaissance des hommes, je me rendis près de celui que je croyais sincère, et qui m'appelait pour le seconder.

CHAPITRE VIII

UN CABINET TYPE

A peine arrivé dans le fameux cabinet d'affaires, je m'attelai à plein collier à la besogne qui m'était destinée; mais je ne tardai pas à m'apercevoir de la triste figure que me faisait le personnel de cette officine.

Je prie le lecteur de me permettre de lui donner en passant un petit aperçu de la composition de ce personnel, et il comprendra le peu d'enthousiasme qui accueillait mon arrivée.

Les cabinets d'affaires, n'ayant aucune valeur intrinsèque, et ne valant réellement que ce que valent celui ou ceux qui les dirigent, il est d'usage dans ces maisons, de s'entourer d'employés panés, ou de peu de surface, dont le principal travail est de copier des comptes, et de faire des rôles à la tâche. Les intéressés, qui doivent tenir en main toutes les ficelles, ont généralement peur de leur ombre. Tout employé qui sait se faire apprécier des clients est condamné; il ne s'agit plus que de trouver une occasion pour s'en débarrasser; ce qui est toujours facile.

Jacques, le type des hommes d'affaires et des rouleurs, n'avait pas été inférieur à lui-même en cette circonstance.

Un ancien notaire malheureux et ruiné, qu'il exploita pendant quarante ans, avec un traitement dérisoire, en comparaison des services considérables que cet homme rendit au cabinet;

Un serrurier sans place, sale et dégoûtant, dont le mérite principal était d'être le parent des demoiselles d'en haut (car le père Jacques demeurait au-dessus des bureaux);

Un ancien militaire, honnête homme au fond, et tout dévoué, mais, ayant le grave défaut de se piquer le nez continuellement;

Un employé d'administration, attaché au service des prisons, plein de prétentions, véritable machine automatique à copier, sachant surtout fumer des pipes, et servant d'espion;

Telle était la composition du cabinet à mon arrivée.

J'oublie avec intention un employé amateur, pour lequel je réserve un chapitre spécial, qui ne sera pas le moins intéressant de mon histoire.

Je ne tardai pas à connaître mon entourage, et j'eus à lutter immédiatement contre les influences d'en haut, qui m'étaient manifestement hostiles d'une part, et contre les intrigues d'en bas où les sentiments de jalousie éclatèrent bientôt de la façon la plus apparente.

Il est difficile et presque impossible de lutter contre les intrigues des femmes. Néanmoins, je m'étais placé de prime abord sur un si bon terrain, que je fus triomphant.

Le serrurier fila bientôt, en m'avouant de la façon la plus lâche qu'il avait mis tout en œuvre pour me faire sauter. Cet employé fut remplacé, toujours grâce au cotillon, par une de ces nullités prétentieuses qu'on rencontre souvent. Je n'en fais mention que pour mémoire, car le nouveau venu ne tarda pas à filer de même.

Depuis cette époque, ceux qui se figurèrent à tort ou à raison que leur influence disparaissait devant la mienne, me vouèrent une haine à mort; mais j'avais encore longtemps à vivre.

CHAPITRE IX

LES DEUX COUSINS

J'ai dit précédemment que je réservais un chapitre spécial à un employé amateur, qui complétait, à mon arrivée, le personnel de la maison Jacques Martial et Cie.

Le lecteur se rappelle que Jacques avait reconnu et adopté tout spécialement deux des enfants de sa maîtresse préférée.

J'ai déjà beaucoup parlé du fils dont

nous achèverons bientôt de faire connaissance.

La fille ne fut pas tout d'abord aussi bien partagée que son frère. Elle se maria avec un marchand de casquettes, qui vendit son fonds pour se livrer à toutes les débauches et à tous les excès, martyrisant sa femme, et remplissant ainsi l'âme du pauvre Jacques du plus profond chagrin.

Cet ignoble individu, qui ne s'était marié que par convoitise d'une part dans le million futur, voulut forcer la main au vieil Harpagon.

Celui-ci s'était montré jusque-là peu généreux à l'égard de sa fille, qu'il devait pourtant considérer l'égale de celui qu'il comblait de tant de bienfaits.

Jacques se vit bientôt dans l'obligation, pour préserver sa fille des mauvais traitements, de faire entrer l'ancien marchand de casquettes dans le fameux cabinet.

La voix paternelle parla si fort un instant, que Jacques eut l'audace de proposer à ses associés de céder une part des affaires au nouveau venu : ce qui naturellement ne fut pas accepté.

Pour vous donner une idée de la valeur morale de ce triste personnage, destiné à jouer un rôle prépondérant dans l'avenir, je vais vous raconter une anecdote que je tiens d'un homme absolument digne de foi.

On était en vacances en Bretagne, dans une propriété, au bord de la mer, appartenant à Jacques Martial. Voici la conversation qui eut lieu.

L'ancien marchand de casquettes faisait ses confidences à l'un des hôtes de la maison, qui me les répéta depuis, dans un moment de profonde tristesse et d'écœurement : « Ma femme est la fille du vieux Jacques ; je la tiens, et elle est en bonnes mains. Par elle, j'aurai tout ce que je voudrai du vieux misérable : devrais-je recommencer, comme autrefois à la faire souffrir sous ses yeux » (Textuel.)

Après de tels propos, tirons l'échelle. Les hommes capables de pareilles infamies sont plutôt des gens de corde que d'épée.

Quand j'aurai ajouté que, quelque temps après mon arrivée, le citoyen dont je viens de tracer le caractère à grands traits, voulant conserver la prépondérance qu'il sentait lui échapper, fit entrer dans le cabinet un de ses cousins, ancien marchand de porcelaine, sans place, vous connaîtrez le personnel complet, qui nous occupera jusqu'à la fin de notre histoire.

CHAPITRE X

UNE SINGULIÈRE LIQUIDATION

Le cabinet d'affaires, quand je vins à Paris, était composé de trois associés, qui, au même titre et en vertu de leur contrat, devaient se partager la direction, en même temps que les bénéfices.

Jacques, se sentant décliner de plus en plus et ne voulant pas laisser à son fils seul la charge du cabinet, qu'il considérait comme beaucoup trop lourde pour ses épaules, avait fait entrer dans l'association, comme je l'ai dit plus haut, un principal clerc de notaire.

Il y a lieu de remarquer que, si les choses s'étaient passées d'une façon délicate, le dernier venu dans l'association, qui seul d'ailleurs avait dû verser une somme considérable pour payer le tiers de l'évaluation totale du cabinet, ce dernier venu, dis-je, aurait dû partager la prépondérance, et être présenté aux clients.

Vous croyez peut-être qu'il en fut ainsi? Pas le moins du monde, Jacques conserva une autorité absolue, tenant à l'écart le nouvel associé, excepté dans le partage des responsabilités.

Heureusement pour M. Ronsen, qu'on était souvent obligé d'avoir recours à ses lumières, et que les principaux clients ne tardèrent pas à s'apercevoir de sa présence.

Comme toujours, et cela était inévitable dès le moment où Jacques s'aperçut de l'influence que M. Ronsen acquérait sur l'esprit des clients communs, il ne dormit plus, devint malade de peur. Voyant que son fils n'était pas à la hauteur de sa situation, il crut tout perdu, et fit tant et si bien que les événements vont se précipiter de la façon la plus incompréhensible.

L'époque où, d'après son traité, lui-même Jacques devait se retirer de l'association, approchait.

M. Beauphébus, en présence de son émancipation prochaine, ne se contenait plus. Le nombre de boulettes qu'il commettait augmentait de jour en jour.

Le 31 décembre arriva... Jacques paraissant ignorer qu'il avait reçu de

M. Ronsen une somme importante, comme prix d'une part dans la propriété du cabinet, se conduisit de la façon la plus déloyale. Au lieu de faciliter la transmission et de prévenir les clients de sa retraite au fur et à mesure que l'occasion se présenterait, en les engageant à continuer leur confiance à une maison à laquelle il cessait de collaborer pour raison de santé, le vieil Harpagon mit l'embargo sur tout, me vola dans ma caisse, dont il avait conservé une clef, un mandat de virement sur la Banque de France, faisant ainsi passer, à son compte personnel, tout le dépôt qui s'y trouvait, sans en avoir le droit, et se renferma chez lui avec toutes ses valeurs personnelles, qu'il s'était aussi hâté de retirer, en signe de confiance dans la nouvelle administration.

J'eus beau protester alors contre de pareils agissements, qui pouvaient causer un préjudice considérable au cabinet; le vieux rouleur fut sourd à toute observation, et imposa des conditions si ridicules et si injustes, que M. Ronsen eut peur, et il y avait franchement de quoi.

Plutôt que de consentir aux monstruosités absolument injustes qui lui étaient proposées, il préféra se retirer de l'association. Quant au bel avocat, toujours impassible, sentant bien qu'au fond les intérêts du vieux rouleur seraient un jour les siens, il laissa tout faire, accepta tout et resta le seul maître de la situation. Il faut avouer vraiment que c'était une singulière manière de liquider une société.

Le 1er janvier, je me trouvai à mon poste comme d'habitude, et je n'avais pas un sou. Je me demandais comment j'allais solder les notes, qui pourraient m'être présentées pour le compte des clients.

Je fis heureusement quelques recettes, qui me permirent d'éviter un scandale.

Le père Jacques lança une circulaire, dans laquelle il annonçait qu'il tenait à la disposition des clients,les dépôts qu'ils lui avaient confiés, il leur demandait la permission en même temps que l'autorisation, de verser les dites sommes entre les mains de MMe Beauphébus et Ronsen ; et pas un mot de *recommandation* s'il vous plaît.

Je le demande avec impartialité à mes lecteurs, est-il possible de dire d'une façon plus catégorique à ses clients : Je me lave les mains de tout ce qui se passera désormais, et pour vous donner l'exemple, je retire mes propres affaires des mains de ceux qui étaient hier mes associés.

C'est cependant ce qui fut littéralement fait.

Chacun se mit en campagne pour expliquer tant bien que mal cette honteuse conduite. Tous les moyens furent employés pour effacer la mauvaise impression de la circulaire.

Je me dévouai corps et âme, à la cause dont je devenais désormais le principal défenseur ; et j'avoue sincèrement que M. Ronsen, qui avait eu tant à se plaindre, loin de chercher à exercer sa vengeance, contribua considérablement par sa conduite noble et généreuse, à ramener le calme au milieu de cette tempête si imprévue.

Le principal motif donné, d'après la consigne, pour expliquer la conduite absolument malhonnête du père Jacques en cette circonstance, fut le ramollissement.

La plupart des soldes créditeurs des comptes furent remis à la nouvelle société par Jacques Martial, au fur et à mesure des autorisations ; beaucoup furent remis sans cela ; mais chose étrange, ces soldes créditeurs étaient encaissés par une maison n'ayant plus qu'un seul directeur, tandis que les autorisations, signées des clients, mentionnaient la transmission aux mains de deux intéressés.

C'était le gâchis ; mais la farce était jouée sur le dos des clients trop confiants, et au préjudice de ce pauvre M. Ronsen, désintéressé désormais des bénéfices considérables, que la nouvelle maison devait encore réaliser.

Ah! si M. Ronsen avait été méchant, on en aurait vu de drôles à ce moment. Le Tribunal de commerce intervenant, tout était perdu ; les masques étaient enlevés, et les ignominies eussent été dévoilées.

Il n'en fut pas ainsi, je le répète, grâce à l'extrême délicatesse de celui qui était le plus exploité dans cette circonstance.

Quant à la liquidation étrange dont je viens de parler, elle n'est pas terminée. Une certaine quantité de soldes créditeurs est encore dans les mains de Jacques Martial, qui persiste à les conserver, sous prétexte qu'ils remontent à une époque antérieure à l'acte de société conclu entre les trois associés.

Ce petit stock servira sans doute un

jour à combler quelque lacune ignorée, ou à donner des épingles aux petits enfants, à moins que le Tribunal de Commerce ne soit mis dans l'obligation de terminer cette fameuse liquidation.

Pour le coup on en verrait encore de bien plus drôles.

Qui vivra, verra!

CHAPITRE XI

LA MAISON CORMIER BEAUPHÉBUS

L'incendie allumé par les injustices et l'indélicatesse du vieux Jacques, s'éteignit rapidement, grâce à la bonne volonté de tous. Notre vieil Harpagon partit pour sa campagne, et les opérations de la nouvelle maison prirent leur cours normal.

Le bel avocat restait seul directeur responsable, et M. Ronsen, toujours trop bon, demeurait dans le cabinet, couvrant moralement par sa présence, la légèreté et les étourderies de son ancien associé.

Dans les trois années qui suivirent, M. Beauphébus trouva le moyen de rembourser à M. Ronsen, sur les bénéfices qu'il encaissait seul désormais, la somme importante représentant le tiers de la valeur totale du cabinet.

M. Ronsen se trouvait alors complètement désintéressé aux affaires de la maison ; mais il consentit néanmoins à y demeurer encore, dans l'intérêt de son ancien collègue et dans des conditions vraiment dérisoires, en considération des sacrifices qui lui avaient en quelque sorte été imposés par les circonstances.

Vous croirez peut-être, chers lecteurs, qu'on lui en tint compte tout au moins par la reconnaissance? Erreur profonde. On chercha à lui enlever toute influence, tout prestige, et je vais plus loin, on essaya de l'humilier, en se servant de moi, comme d'un brandon de discorde, et en me faisant passer pour un rival ; et tout cela, dans le but d'empêcher une entente entre deux personnes, les seules capables, dans le navire désormais sans boussole.

Je l'avoue sincèrement, si j'avais entrevu à ce moment le dénouement qui devait arriver quelques années plus tard, je ne me serais pas usé le tempérament par les veilles et un travail opiniâtre, sacrifiant ma liberté, ma santé, et jusqu'aux joies de la vie de famille, et tout cela pour permettre à celui qui me renouvelait sans cesse en paroles ses sentiments d'affection, d'émarger la modique somme annuelle de cent mille francs passés, nets de frais, sur les bénéfices de la maison.

J'ai dit au commencement de cette histoire, que M. Beauphébus excellait dans l'art de dorer les pilules à ceux qui devaient les avaler.

Savez-vous comment notre avocat poudré s'y prenait, pour arriver à un pareil chiffre de bénéfices qui n'avait jamais été atteint avant lui?

Je vais vous en donner l'explication :

Une certaine quantité de clients laisse, en permanence, à titre de dépôt, des sommes considérables. Je pourrais en citer qui n'ont jamais moins de cent mille francs à leur crédit. Ces sommes peuvent être réclamées à vue, du jour au lendemain ; mais à moins d'événements graves et imprévus, il y a un stock permanent et moyen de plus d'un million, qui régulièrement devrait être déposé à la Banque de France, d'où il peut être tiré sur un chèque ou un mandat, toujours à vue, et au fur et à mesure des besoins.

La Banque ne paie pas d'intérêts sur les dépôts de ce genre; on conçoit par conséquent, que la maison n'en donne pas non plus aux clients.

Tout celaseraitparfait, s'il en était ainsi — mais dans cette maison modèle, on procède tout autrement. On ne paie pas, bien entendu, d'intérêts aux dépôts des clients; mais on en fait bel et bien payer à 5 0/0, ou même à un taux supérieur, à ceux qui s'avisent d'être en déficit; bien plus, on fait des prêts réguliers sur effets, à ceux qui se trouvent gênés, et on n'a même pas entre mains bien souvent, une valeur pouvant être réalisée en cas de besoin, pour la couverture des prêts consentis avec l'argent des autres.

Je me trompe, on réserve des valeurs au porteur, appartenant à des tiers, sur lesquelles on peut emprunter à la Banque de France, ou aillleurs, quand le fond de roulement nécessaire devient trop faible. Tous les intérêts produits d'une façon aussi délicate sont portés au compte des bénéfices de la maison; mais on se garde bien d'en faire participer les clients, dont l'argent a pourtant servi de principal instrument.

Je mets au défi n'importe qui de me prouver le contraire de ce que j'avance en ce moment.

Je vais plus loin, et j'avoue que j'ai dû

protester, bien qu'étant matériellement désintéressé, contre le fait indigne que je vais vous raconter.

Une famille, immensément riche, représente le fleuron du cabinet qui nous occupe. Dans cette famille, où l'on ne calcule ni par cent, ni par mille, mais par millions, il existe un compte de tutelle de la plus haute importance.

Ce compte représente des capitaux considérables, et les revenus eux-mêmes constituent une véritable fortune annuelle. La mère des enfants, veuve, demeure à l'étranger et confie ses intérêts personnels au bel avocat. Le tuteur, un gentilhomme par excellence, ayant la confiance la plus absolue dans celui à qui de si gros intérêts sont livrés, ferme les yeux, et laisse carte blanche à son mandataire.

Qu'il me permette, en passant, de lui crier gare !

C'est un conseil d'ami que je lui donne; car moi aussi, je suis un ami de cette famille, et j'ai été bien souvent écœuré et scandalisé de la façon dont on fait suer par tous les pores ce capital colossal.

Pour appuyer mon avertissement, je cite le fait suivant. La mère des enfants a eu besoin, l'an dernier, d'un capital important, pour faire une acquisition, 300.000 francs environ. Savez-vous qui a fait l'avance du capital en question? C'est, me direz-vous, un banquier, ou un de nos clients, qui avait en ce moment des capitaux disponibles. Erreur : Ce sont les fonds de roulement, pris sur le compte de dépôts à vue de nos clients, qui ont fait l'affaire. Les enfants avaient à leur crédit plus des deux tiers de la somme nécessaire; on en a retardé l'emploi, et on a eu l'audace, pour simuler un véritable prêt, de faire signer à la postulante le transfert de mille obligations de chemin de fer en nantissement, comme cela se pratique à la Banque de France.

Bien plus, Mme X... a trouvé le taux de 5 0/0 qui lui était proposé un peu exagéré en présence de la garantie de premier ordre donnée. Il était facile d'ailleurs de prouver que le prêt en question pouvait à la même époque être obtenu à 4 0/0, directement à la Banque. Réclamation inutile : on n'y répondit pas, et l'opération fut faite bel et bien à 5 0/0.

Maintenant parlons d'autre chose.

Lorsqu'une émission se présente, M. Beauphébus ne manque par d'en tirer parti par tous les moyens possibles. On obtient dabord une remise importante des banques chargées de lancer l'émission, et on bat le roulement près des clients, qui se trouvent alors avoir des fonds disponibles. Jusque-là rien d'anormal; car en définitive, c'est le métier ; mais alors il faudrait débiter; le jour de l'émission, les comptes des clients souscripteurs, afin de leur appliquer à la répartition le quantum qui leur appar tient. Cela ne se passe pas ainsi.

On souscrit pour le compte de la maison, et on attend les résultats de l'émission avant de débiter les clients.

On commence par souscrire deux, trois ou quatre fois plus que le nombre demandé. Si les titres émis font prime, on n'en attribue aux clients, que juste le quantum de leur souscription, et on vend les titres disponibles en encaissant la prime au compte des bénéfices de la maison. Si au contraire l'émission ne réussit pas, et si les titres baissent immédiatement, on applique aux clients souscripteurs la totalité de leurs souscriptions, et on se met en quête de placer sur le dos des clients trop confiants, les titres disponibles, au cours d'émission, sans se préoccuper, bien entendu,du cours actuel.

Je pourrais citer un stock de mille obligations appliquées à un client, au cours d'émission, à un moment où les dites obligations auraient pu être achetées de huit à dix francs au-dessous du cours qui leur fut appliqué.

Il me semblerait équitable de supporter les chances actives et passives d'une spéculation ; et puisqu'on s'empresse d'empocher les bénéfices résultant de la vente avec prime des titres souscrits à une émission, on ne devrait pas hésiter,lorsque le cas se présente, à supporter la perte résultant de la baisse des titres souscrits sans autorisation des clients, au lieu de les leur appliquer d'une façon déloyale, en essayant de leur faire croire qu'ils ont fait une excellente affaire.

C'est par de tels moyens que cet avocat gagnait dans son cabinet d'affaires plus de cent mille francs par an.

CHAPITRE XII

COMMENT CORMIER DE BEAUPHÉBUS OBTINT LA DÉCORATION DU ROYAUME DE LA DIVANOMANIE.

Il avait donc la fortune.

Mais quel prestige donne la fortune près des clients plus riches que vous, et dans une réunion d'actionnaires où il faut briller par son savoir et son intelligence? Sans doute, elle fait paraître quelquefois savants des gens qui ne le sont pas : elle attribue une foule de qualités à ceux qui sont les plus dépravés.

Mais notre avocat voulait à tout prix avoir à sa boutonnière le signe du brave, ou à son défaut quelque chose d'approchant, afin d'épater les populations. . et ses trop nombreux clients.

Or, en ce temps-là, trônait à Paris une chanteuse célèbre, une diva qui faisait les délices d'un théâtre renommé, dont je tairai le nom. On disait qu'elle recevait familièrement tous ses admirateurs.

Notre Beauphébus, toujours à l'affût des célébrités mondaines, aimant passionnément la musique, allait donc à ce théâtre.

Dans la loge de la diva, une fois l'opéra terminé, affluaient nombre de ministres dégommés ou en fonctions, des députés, des sénateurs même, de nobles rastaquouères de tout pays, des banquiers, banquiers surtout, dont elle savait recueillir les applaudissements, les suffrages et les... billets de banque.

Notre homme d'affaires, ayant appris cette affluence d'illustres et puissants personnages chez cette déesse du chant, se fit en lui-même ce petit raisonnement : « Je suis riche; je puis donc tout aussi bien qu'un autre, lui offrir quelque bouquet enrichi de pierreries. Elle daignera, je l'espère, répondre à mes feux ou aux feux étincelants des diamants; elle me présentera même à ses illustres protecteurs et favoris; et bientôt, par leur entremise, je pourrai mettre à ma boutonnière un de ces rubans multicolores, qui font tant d'effet sur les gens simples. »

Ayant ainsi pensé, notre héros se pomponna plus que de coutume encore, se fit poudrer et friser sa moustache, se rendit chez Motteroz, choisit un magnifique diadème, et vint écouter celle qui allait devenir l'objet de son culte.

Elle chanta, et l'âme ravie de Beauphébus but ses paroles comme une rosée divine. Il était tout oreilles et tout yeux : il se trouvait comme au septième ciel.

L'opéra fini, rouge d'émotion, il se dirigea vers la loge de la diva. Plusieurs admirateurs l'avaient devancé. Il n'osa sur-le-champ leur disputer la conquête, et il attendit.

Mais bientôt celle-ci congédia ses adorateurs. Et notre pauvre sire se trouva seul, non pas avec son déshonneur, ni même avec sa Dulcinée, mais avec son diadème.

Plus entreprenant que jamais, il se fait conduire à l'hôtel de sa déesse, fait miroiter le fameux diadème aux yeux de la camériste qui ne voulait pas le recevoir, et aussitôt il est reçu à bras ouverts par celle qu'il désirait gagner à sa cause.

Que se passa-t-il dans ces heures d'épanchement?

Nul ne le sait, et ne le saura jamais Toutefois, à partir de ce jour, Beauphébus se mit en quête de jeunes avocats sans cause,leur donna la mission de compulser, moyennant finances , des documents à l'aide desquels il devait faire paraître quelques mois plus tard, le beau volume que tout le monde connaît, grâce à la profusion généreuse avec laquelle il fut envoyé gratis.

Joyeux, il accourt en offrir l'hommage à la diva qu'il était loin d'oublier : car, de temps en temps, ce client fidèle lui faisait parvenir des gages de sa générosité, qui, avouons-le, n'était pas tout à fait désintéressée. Quelles sommes dépensa-t-il ? Motteroz seul pourrait le dire.

Quoi qu'il en soit, on lisait à l'*Officiel* du Royaume de la Divanomanie, quelques mois après l'apparition du volume : M. Beauphébus, chevalier de l'ordre des Saints-Pancrace et Damien, pour son livre : de la Législation du Royaume de la Divanomanie.

Aussitôt notre nouveau chevalier fait enlever tous les exemplaires du volume, à qui il doit sa nomination, et qu'il avait donnés à ses amis, afin d'ajouter au bas de son nom en gros caractères :

CHEVALIER DE L'ORDRE DE SAINT-PANCRACE ET DE SAINT-DAMIEN

Or, la Divanomanie était sur le point d'être en guerre avec la France. Fallait-il cacher cette décoration, afin de ne pas paraître un ami du Royaume de la Divanomanie ? Le patriotisme de celui qui nous occupe n'allait pas jusque-là. Bien au contraire.

Un jour, midi sonnait, on allait déjeuner.

Tout à coup, un bruit d'épée se fait entendre. Qu'est-ce ? Seraient-ce donc les agents de la Justice, venant s'emparer des livres, ou une nouvelle invasion de barbares, envahissant Paris sans déclaration de guerre. — Pas du tout.

Un homme apparaît en officier du royaume de la Divanomanie. Vous avez deviné. C'était Beauphóbus étincelant sous le nouveau costume qu'il avait fait faire à

Paris, afin d'aller présenter ses hommages d'officier divanomane à l'ambassadeur du Royaume très chrétien de la Divanomanie, et qui venait montrer à ses employés, comme un paon montre son plumage, sa croix des Saints-Pancrace et Damien, enrichie de pierreries fantaisistes et son bel habit brodé d'argent.

Ainsi donc en temps de guerre, cet homme pourrait à son gré s'habiller en officier divanomane ou en soldat français. Tant il est vrai que la fortune lui a détraqué l'intelligence, et affaibli le sentiment de patriotisme qui doit nous animer tous. Une fois décoré du titre de chevalier du Royaume de la Divanomanie, notre héros aspira au titre d'officier d'Académie de son cher pays.

Toutefois, depuis cette époque, Beauphébus prôna de la façon la plus ridicule les fonds de ce royaume devenu sa patrie d'adoption, à tel point que beaucoup de ses clients, tandis que les gens sensés, suivant les conseils des personnes désintéressées, s'en débarrassaient en toute hâte, en bourrèrent leur portefeuille, les achetant même aux plus hauts cours.

Or chacun sait que ce pays est un pays de gueux, que ses finances sont dans un triste état et qu'il est, en un mot, dans le pétrin.

Maint client suivit malheureusement les conseils de l'illustre chevalier, qui faisait sa cour au jeune royaume de la Divanomanie ; en sorte que c'étaient ses dupes, c'est-à-dire ses clients, qui payaient ainsi le titre de chevalier de Saint-Pancrace et de Saint-Damien, à celui qu'ils avaient chargé de défendre leurs intérêts.

Qu'il me soit permis en passant de les

prémunir contre un enthousiasme aussi peu fondé. L'avenir pourrait bien leur réserver de grands regrets, quoi qu'en dise notre étincelant chevalier.

Mais comment fut-il nommé officier d'académie ?

Ecoutez-en le récit :

En ce temps-là, vivait un homme illustre, mais d'une illustration dont beaucoup ne veulent pas.

Pendant vingt ans, il avait su manger une dizaine de millions, en faisant une noce effrénée, avec quelques princes dont je tairai les noms, mais que tout le monde connaît.

Rangé forcément après une telle existence, il avait eu la bonne fortune d'épouser une princesse, qui, elle aussi, avait eu quelques écarts.

Par un hasard providentiel, le père de

cette belle princesse fut appelé au pouvoir.

Tirer le plus d'argent possible en usant de l'influence de son beau-père, pour faire obtenir les plus hautes situations aux personnes qui lui demanderaient son appui, tel fut le but de ce gendre modèle.

Notre chevalier vint, comme tant d'autres, frapper à la porte de ce dispensateur des faveurs souveraines ; il montra non pas patte blanche, mais de beaux écus sonnants et trébuchants.

Le livre sur la Législation du Royaume de la Divanomanie mal conçu, mal écrit, eut les honneurs d'un rapport très flatteur, et bientôt les palmes d'officier furent accordées à notre chevalier divanomane.

Et maintenant Beauphébus étale pompeusement partout ces titres qu'il a si noblement et si chèrement achetés.

CONCLUSION

J'ai montré dans un chapitre précédent la composition du personnel de la maison Jacques Martial et Cie au moment de mon entrée dans la dite maison. Je n'en partirai pas, sans donner, pour l'édification des clients, un aperçu exact de la situation actuelle.

L'ancienne maison Jacques Martial et Cie a aujourd'hui comme directeur unique et responsable, le beau Cormier que les ans n'ont pas encore assagi, et que les titres de chevalier de Saint-Pancrace et Saint-Damien et d'officier d'Académie ont rendu vaniteux à l'excès. Bientôt il prendra définitivement la particule : ce qu'il ne fait maintenant que les jours de fête.

Si on a besoin de le voir pour causer d'affaires, il ne faut pas manquer de lui donner rendez-vous plutôt deux fois qu'une, sans quoi on serait obligé de faire vingt kilomètres pour rencontrer son beau visage toujours frais rasé.

C'est que notre bel avocat, que le destin a jusqu'ici littéralement écrasé de ses faveurs, a, comme on dit vulgairement, du foin dans ses bottes, et va passer ses moindres loisirs dans les bosquets de sa charmante propriété de campagne. C'est dans ce séjour délicieux, à l'ombre des grands arbres, qu'il aime à se retirer.

M. Ronsen, toujours persévérant et toujours dévoué, malgré toutes les amertumes dont il a été abreuvé, répond en l'absence du chef. Les clients n'auraient assurément pas à se plaindre sous ce rapport, si cette situation pouvait durer ; mais je suis absolument convaincu que cet état de choses ne tardera pas à prendre fin.

L'ancien marchand de casquettes est toujours à son poste, et y restera tant que le père Jacques sera de ce monde ; son départ ne porterait pas d'ailleurs grand préjudice à la maison, car j'ai pu constater pour ma part, pendant plusieurs années, que la présence de ce citoyen absolument indépendant, n'était qu'un obstacle à la marche régulière des affaires. Son rôle principal est d'attendre avec impatience que sa part dans le fameux héritage du vieil Harpagon soit disponible. C'est trop de luxe entre nous pour un garçon de recettes. Avec de telles prétentions, il n'est pas étonnant qu'on ne veuille pas accepter les étrennes qui sont offertes par les fournisseurs, à l'occasion du jour de l'an.

Un ancien garçon de magasin, raccommodeur de faïence et de porcelaine, tient la caisse, sous les auspices de son cousin le chapelier. C'est l'homme à tout faire de l'officine, absolument incapable, mais plein de prétentions et de vanité, insolent comme un page de cour à l'égard de ses inférieurs; il rampe au besoin comme un serpent; il manque absolument de tact et d'instruction. Son seul mérite est d'être de la race des caméléons. Malheureusement, cela ne suffit pas dans les rapports continuels, qu'on est appelé à avoir avec les clients: il ne suffit pas, dis-je, de causer à tort et à travers; il faut être à la hauteur de sa situation.

L'avenir ne tardera pas à justifier mes appréciations sur ce personnage de peu de valeur.

Le vieil employé d'administration en retraite est toujours là; machine automatique à copier, fonctionnant un peu moins rapidement qu'autrefois. Il exerce toujours de la façon la plus insinueuse le digne rôle d'espion, au service de son ancien chef de file. Enfin, deux jeunes gens intelligents et absolument dévoués, peu salariés, qui vont bientôt servir leur patrie, et que l'on considère depuis mon départ comme de véritables machines à besogne.

Telle est exactement la situation actuelle.

Avec un pareil outillage, il me semble difficile d'aller loin.

Je ne terminerai pas sans remercier sincèrement tous les clients sans exception de la considération et de la sympathie dont ils ont bien voulu m'honorer, surtout pendant ces dernières années.

Mon plus grand regret est de n'avoir pu défendre leurs intérêts, d'une façon aussi efficace que je l'aurais voulu.

J'espérais rester longtemps encore, chargé de la mission délicate qui m'avait été confiée. J'ai eu le tort grave de porter ombrage à ceux qui devaient avoir le plus de confiance en moi.

Mon influence grandissait à vue d'œil : on a eu peur. Pour se débarrasser de moi, on m'a imposé des conditions tellement dérisoires, qu'il m'a été impossible de les accepter. Voilà la vérité.

Je sais que je suis devenu depuis mon départ le bouc émissaire; il n'en pouvait être autrement; les absents ont toujours tort.

Mais comme le dit un vieux proverbe : Un malin trouve toujours un plus malin que lui.

Je sais que l'influence du vieux rouleur est pour beaucoup dans tout ce qui s'est passé dans ces derniers temps. J'ai tenu, en lui répétant le proverbe que je viens de citer, à lui laisser un souvenir de moi. Qu'il médite cet ouvrage, où il se verra comme dans un miroir. Que son fils ouvre enfin les yeux sur sa coupable indifférence, et médite ces vers de La Fontaine que je lui citais en le quittant :

Entre nos ennemis,
Les plus à craindre sont souvent les plus petits.

Pour moi, en adressant mes derniers adieux, j'ai voulu dégager ma responsabilité du passé, avertir du présent, et mettre en garde pour l'avenir. Je souhaite de tout mon cœur que l'on m'ait compris.

A bon entendeur, salut!

R.F.

TABLE DES MATIÈRES

		Pages.
Préface		3
Chap. Ier.	— En route pour Paris	7
II.	— Jacques Martial chez Duranton	13
III.	— Un homme d'affaires modèle	18
IV.	— Vireguenille	23
V.	— Jacques le galant homme	27
VI.	— Une filiation étrange	33
VII.	— Jacques Martial prend des associés	37
VIII.	— Un cabinet type	45
IX.	— Les deux cousins	51
X.	— Une singulière liquidation	55
XI.	— La maison Cormier Beauphébus	65
XII.	— Comment Beauphébus obtint la décoration du royaume de la Divanomanie	77
XIII.	— Conclusion	89

Noizette, 8, r. Campagne-Première, Paris.

Original en couleur
NF Z 43-120-8

www.ingramcontent.com/pod-product-compliance
Ingram Content Group UK Ltd.
Pitfield, Milton Keynes, MK11 3LW, UK
UKHW021229230726
13926UKWH00003B/1320

9 782016 113714